CW01267484

Le vrai prince Thibault

Du même auteur, dans la même collection :

La grotte du dragon
La plus grosse bêtise
La vraie princesse Aurore
Mon extraterrestre préféré

ÉVELYNE BRISOU-PELLEN

Illustrations de Pierre Beaucousin

Le vrai prince Thibault

RAGEOT

Cet ouvrage a été imprimé sur un papier
issu de forêts gérées durablement,
de sources contrôlées.

Couverture : Thibaut Rassat.

ISBN : 978-2-7002-5445-7
ISSN : 1951-5758

© RAGEOT-ÉDITEUR – PARIS, 1994-2006.
Tous droits de reproduction, de traduction et d'adaptation
réservés pour tous pays.
Loi n° 49-956 du 16-07-1949 sur les publications
destinées à la jeunesse.

Pour Hadrien.

Le petit prince

Dans le royaume, on n'avait jamais vu de plus beau bébé. C'était le fils du roi Charles et de la reine Sophie. On l'appela Thibault car, disait le roi, Thibault rime avec beau.

Malheureusement, deux jours après la naissance du petit prince, la reine mourut.

Le roi pleura. Il aimait beaucoup sa femme et pensait qu'il ne se remettrait jamais de son chagrin. Chaque objet, dans le château, la lui rappellerait. Alors, pour oublier tout, il décida de partir à la guerre. Restait un problème : on n'emmène pas un bébé à la guerre.

Le roi songea que la seule chose à faire, qui soit sage et raisonnable, était de confier le petit Thibault à une nourrice.

Justement, la femme de son valet venait aussi d'avoir un petit garçon, qui s'appelait Guillaume. C'était vraiment une chance inespérée.

On la fit chercher.

Elle arriva, son bébé sur le bras, et quand elle sut ce qui s'était passé, elle prit sur son autre bras le bébé du roi, et jura de l'élever comme le sien, et de l'aimer tout autant.

Rassuré, le roi équipa son cheval, prit sa lance et son épée et, suivi de son valet, il s'en alla.

Ce jour-là fut un triste jour. La neige se mit à tomber, recouvrit peu à peu la tombe de la reine, la campagne, les arbres, les toits et effaça toute trace des pas des chevaux.

Au matin, le royaume resplendissait de blancheur, et la campagne était si lumineuse qu'on se dit que, peut-être, c'était tout de même un beau jour.

Dans la petite maison de la nourrice, sous le toit couvert de neige, il faisait bien chaud. Les deux enfants dormaient sous la même couverture, l'un à la tête, l'autre au pied du berceau.

L'hiver passa doucement. Dans le château endormi, il n'y avait plus guère de vie. Quelques servantes veillaient à balayer, quelques valets ouvraient ou fermaient le pont-levis. C'était tout.

Mais dans la maison au toit de chaume, les bébés s'éveillaient au monde. Quand la nourrice les prenait ensemble sur ses genoux, ils se regardaient avec curiosité et se faisaient des sourires.

Quand ils étaient couchés et ne pouvaient se voir, ils allongeaient les jambes, jusqu'à ce que la plante de leurs petits pieds nus se touche. Alors ils agitaient les bras et riaient de plaisir.

Au début du printemps, ils furent assez grands pour demeurer assis. La nourrice les calait chacun sur un oreiller, et ils se faisaient des signes, de leurs mains potelées et maladroites, ils se lançaient des mots que personne ne pouvait comprendre, et criaient de joie.

Thibault faisait des bulles avec sa bouche, et Guillaume répondait en plissant son nez. La nourrice s'amusait de les voir faire. Elle les embrassait à tour de rôle.

– Vous êtes mes bébés, disait-elle. Mes bébés chéris.

Et elle pensait avec un serrement de cœur au jour où le roi reviendrait et reprendrait le petit prince.

Mais rien ne se passa comme elle l'avait prévu.

Un malheur

Par une chaude après-midi d'été, tandis que les paysans fauchaient le blé, ils aperçurent de la fumée, là-bas, derrière la forêt.

Le berger descendit la colline en criant :

– Le feu ! Le feu chez la nourrice du prince !

On sonna la grosse cloche

d'alarme. Tout le monde se précipita. Pendant que les uns allaient chercher des baquets, des seaux, et couraient jusqu'à la rivière, les autres filaient droit vers la maison, pour porter secours à la malheureuse nourrice.

Hélas ! tout était déjà en feu.

Le temps que l'eau arrive, il serait trop tard.

On ne voyait personne dehors.

Le meunier fit remarquer que, heureusement, la nourrice semblait être absente, qu'elle avait dû partir au village.

Il y eut un silence, puis la cuisinière du château s'écria :

– Mon Dieu ! Et les bébés ! Elle n'a pas pu emmener les bébés, il lui est impossible de les porter tous les deux ensemble !

Elle eut un regard terrifié pour la maison en feu. Elle hésita un instant, puis courut à l'abreuvoir et s'y plongea : ainsi mouillée, elle craignait moins les flammes. Elle entra dans la maison enfumée.

La première chose qu'elle vit fut la nourrice, qui était bel et bien là, allongée sur le sol près de la cheminée. Elle portait une blessure au front.

La cuisinière se pencha vers elle, la secoua pour lui faire reprendre connaissance, lui tapota les joues, tenta de la tirer dehors, mais la pauvre femme ne bougeait pas. Son pouls ne battait plus, son cœur s'était arrêté. On ne pouvait malheureusement plus rien pour elle.

« Les bébés ! songea aussitôt la cuisinière, où sont les bébés ? »

Elle ne les voyait nulle part.

Elle courut de droite, de gauche, regarda dans le petit lit, sous la table, fouilla dans tous les coins, mais la fumée lui piquait les yeux, la faisait pleurer.

Dehors, on lui criait :

– Sors vite ! Le toit va s'effondrer !

– Non, marmonnait-elle, non. Il faut trouver les bébés.

Pourtant, quand une poutre enflammée tomba du toit, elle vit bien qu'il lui était impossible de demeurer plus longtemps dans la maison.

Étouffant, suffoquant, la cuisinière gagna la porte de derrière, et sortit dans le jardin…

Miracle ! Les deux petits garçons étaient là, assis dans une bassine d'eau. Ils ne s'intéressaient pas le moins du monde à la cuisinière noire de suie qui se précipitait vers eux. Ils regardaient avec surprise les flammes si grandes et si belles. La maison entière était en train de brûler. Leur mère, leur nourrice, venait de mourir et ils ne le savaient pas, car à cet âge on ne sait rien de la mort.

La cuisinière essuya une larme de soulagement. Sans perdre de temps, elle ramassa les serviettes qui étaient étalées sur l'herbe et en enveloppa les bébés, pour les emmener loin des flammes.

Le lendemain, on tint conseil au village. Comment un tel drame avait-il pu se produire ?

On supposa que la nourrice avait fait une chute accidentelle, que son front avait heurté la pierre de la cheminée. Sans doute était-elle morte sur le coup.

Quant à l'incendie… on imagina qu'au moment de sa chute, elle portait à la main la cruche d'huile qu'on avait retrouvée cassée près d'elle, et que l'huile s'était enflammée aux braises de la cheminée, mettant le feu à la maison.

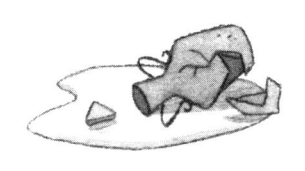

C'est ce qu'on expliquerait au roi.

En tout cas, il ne servait à rien de se lamenter et d'essayer de comprendre. Maintenant que les petits étaient hors de danger, la seule chose à faire était de prévenir le roi.

– Et prévenir aussi son valet, fit remarquer la cuisinière, puisque la nourrice était la femme du valet.

On envoya donc un messager aux lointaines frontières du royaume.

Le roi bien embarrassé

Le roi et son valet mirent fort longtemps à faire le voyage. Deux mois avaient passé depuis le drame, quand ils se présentèrent enfin au pont-levis du château. C'est à peine si on les reconnut. Ils étaient sales et fatigués, la barbe hirsute et les vêtements usés.

Ils décidèrent sagement de prendre un bain et de se reposer avant d'aller voir les petits, de peur de les effrayer.

Enfin, ils se firent conduire auprès de la cuisinière du château, à qui on avait confié le soin de la garde des enfants.

Le roi s'avança le premier. Les deux petits garçons jouaient par terre, et ne faisaient pas du tout attention à lui. Le roi les regarda attentivement et demeura perplexe : lequel des deux était le sien ?

N'osant pas avouer qu'il n'en savait rien, il lança sèchement à son valet :

– Allons ! Dis bonjour à ton fils !

Le valet fit un pas hésitant, observa lui aussi les bébés et, un peu confus, il dit :

– C'est que je suis si abattu par la mort de ma femme, que j'ai du mal à remettre mes idées en ordre.

Le roi lui jeta un regard sévère :

– Et ton fils, reprit-il, lui aussi est triste d'avoir perdu sa mère, console-le !

Le valet ne savait plus que dire, il avait beau regarder tour à tour les enfants, il n'arrivait pas à se faire une opinion.

– Ma foi… bredouilla-t-il, ils étaient si petits quand nous sommes partis, messire… Maintenant, ils ont bien neuf ou dix mois… je ne sais pas lequel…

– Tout de même, s'énerva le roi, un fils de roi, ça se reconnaît ! Ton fils est donc l'autre !

– C'est que… bafouilla le valet.

Le roi eut un geste exaspéré. Il ne voyait plus comment se tirer d'embarras, quand il eut une inspiration subite.

Il appela :

– Thibault !

Les deux bébés levèrent la tête.

Le valet à son tour fit un signe de la main :

– Guillaume !

Les deux bébés tournèrent la tête vers lui.

– Mais enfin, se fâcha le roi, ils ne savent pas leur nom ?

La cuisinière, tout intimidée, s'excusa :

– Ils sont si petits…

– Eh bien, il est temps de le leur apprendre. Dites-leur bien fort leur nom.

La cuisinière prit un air embarrassé, avant de se décider à avouer :

– Pardonnez-nous messire, mais nous-mêmes, nous ne savons pas lequel est Thibault, lequel est Guillaume.

– Comment, vous ne le savez pas ? hurla le roi.

La cuisinière devint toute rouge. Elle bégaya :

– La nourrice le savait… et puis, ça se voyait à leurs vêtements… Mais quand nous les avons trouvés, ils étaient tout nus dans leur bain. Et ils se ressemblent tant…

– Ils ne se ressemblent pas ! gronda le roi. Ils ne peuvent pas se ressembler !

– C'est juste, rectifia immédiatement la cuisinière, ils ne se ressemblent pas vraiment. Mais ils sont tous les deux bruns, tous les deux mignons et gais, et nous n'avions jamais réellement prêté attention auparavant…

– Suffit ! cria le roi au comble de l'énervement.

Il arpenta la pièce d'un pas plein de colère.

Au bout d'un moment, il se calma un peu. Il jeta un regard aux enfants, puis vint s'accroupir près d'eux et les examina bien. C'est vrai qu'ils étaient mignons !

– Bon ! décida-t-il enfin. Puisque c'est ainsi, nous allons les élever ensemble. Pour l'instant, ce ne sont que des bébés, mais quand ils grandiront, nous verrons bien lequel des deux est le prince Thibault.

Thillaume et Guibault

Dans le château, la vie était redevenue bien gaie : les deux garçons mettaient de l'animation dans les vieux murs, et même parfois trop.

Comme on ignorait toujours lequel était lequel, on les appelait Thillaume et Guibault.

Ils étaient inséparables, s'entendaient mieux que des frères, si bien qu'on n'arrivait jamais à savoir lequel s'était servi de l'épée sacrée des ancêtres pour se découper une part de poulet, qui avait perché le hennin de la gouvernante sur le sommet du donjon, ou fait des nœuds à la corde du puits.

Leurs devoirs de latin étaient toujours identiques, car Guibault, qui était le meilleur, laissait Thillaume copier sur lui.

Quand ils partaient à la chasse, il était impossible de savoir qui avait pris le gibier, car Thillaume, le plus adroit, partageait tout avec Guibault.

Le roi les aimait tous deux et, il faut bien le dire, il les aimait autant l'un que l'autre.

– Mais bon sang de bon sang ! disait-il de temps en temps, il faut tout de même bien que je sache lequel est mon fils !

Un jour, il décida que cela avait assez duré, et qu'il fallait en avoir le cœur net. Il appela son valet.

Comme les deux garçons étaient en train de faire galoper leur cheval devant le château, le roi et son valet s'installèrent sur les créneaux pour les observer.

Ils demeurèrent longtemps silencieux, jusqu'à ce que soudain le valet désigne Guibault :

– Regardez, messire, son front ressemble un peu au vôtre, non ?

Dès qu'il entendit ces mots, Guibault ébouriffa ses cheveux pour qu'ils tombent sur son front.

– Hum, dit le roi, ses cheveux sont plus raides.

– Et Thillaume, regardez comme il monte à cheval. N'a-t-il pas la même position que vous sur la selle ?

Aussitôt, Thillaume s'affaissa un peu sur son cheval.

– Hum… dit le roi. Il n'a pas la même carrure que moi… Mais regarde les mains de Guibault…

Je me demande si elles ne ressemblent pas à celles de ma femme…

– Je ne sais, répondit le valet, mais la couleur de ses yeux est presque la même que ceux du grand-père de ma cousine germaine.

– Ah ! Et Thillaume, il porte la tête comme la mère de la petite cousine de ma grand-tante…

Ils continuèrent comme ça pendant des heures, et en arrivèrent enfin à une solide conclusion :

La seule chose qui était certaine, c'est que rien n'était certain.

Et même, tout était de plus en plus incertain.

Bref, on ne savait rien de rien sur rien.

Comment on reconnaît un fils de roi

Les deux garçons s'amusaient beaucoup de cette histoire. À dire vrai, ils se fichaient complètement de savoir qui était qui. Il y avait Thillaume, il y avait Guibault. Lequel des deux rassemblait les deux fameuses syllabes qui faisaient « Thibault » ?

Cela ne les préoccupait pas du tout.

Du moins, ils le croyaient.

Souvent, ils s'amusaient à imiter la démarche du roi quand il faisait semblant d'être trop fatigué pour les accompagner en promenade, ou la voix du valet quand il criait au palefrenier : « Jean, selle le cheval du roi, il n'est pas au régime sans selle ! »

On croyait un instant qu'on avait enfin trouvé qui était le vrai fils du roi, le vrai fils du valet... Et tout s'effondrait dans la minute suivante, lorsqu'on s'apercevait que c'était le même qui imitait la démarche du roi et la voix du valet, ou le ronchonnement du roi quand il grognait : « Où sont passés mes chaussons ? » et la démarche du valet quand il faisait l'intéressant devant les blanchisseuses.

C'était à s'arracher les cheveux.

Mais comme le roi avait déjà un peu tendance à perdre ses cheveux, plutôt que d'arracher ceux qui restaient, il décida de frapper un grand coup.

Il monta à la plus haute tour, pour rendre visite au vieux sage qui y demeurait, loin du monde. Et il lui dit :

– Vieux sage, toi tu sais forcément comment on reconnaît un fils de roi.

– Je le sais, dit le sage.

Le roi fut fou de joie. Il s'exclama :

– C'est formidable ! J'aurais dû venir te voir plus tôt. Dis-moi comment le reconnaître.

– C'est simple, dit le sage : les fils de roi savent écrire, les fils de valet non.

Tout content, le roi se précipita dehors. Mais voilà qu'en descendant l'escalier, il songea soudain...

Le vieil homme s'était moqué de lui !

Il remonta.

– Vieux sage, dit-il. Tu sais bien que ces garçons savent écrire tous les deux : c'est toi qui leur as appris !

Le vieillard eut un petit sourire dans sa barbe. Il s'excusa :

– Ma langue s'est embrouillée. Je voulais dire : on reconnaît un fils de roi à ce qu'il sait se servir d'une épée.

Soulagé, le roi tourna les talons, seulement à peine eut-il ouvert la porte qu'une pensée le frappa :

– Mais bon sang, tu sais qu'ils tirent l'épée aussi bien l'un que l'autre, tu les vois s'entraîner de ta fenêtre !

– Alors, j'ai fait erreur, dit le vieillard. C'est que je suis âgé maintenant.

– Réfléchis bien, je t'en prie, supplia le roi.

Le vieux sage resta pensif, puis il laissa tomber :

– Le fils du roi est toujours le plus beau.

Le roi se frappa le front : c'était sûrement la bonne réponse. D'ailleurs, à la naissance de son fils, il avait bien vu que c'était le plus beau. Maintenant, évidemment, comme il les aimait tous les deux, il ne savait plus. Son cœur les trouvait aussi beaux l'un que l'autre.

Tout guilleret, il descendit de la tour.

Comment savoir quel était le plus beau ? Facile !

Le roi rassembla les jeunes filles du château, et leur demanda de donner, sans honte ni retenue, leur avis vrai et sincère.

– Moi, dit la première, je les trouve beaux tous les deux.

Le roi sourit, mais ça ne faisait pas avancer ses affaires.

– Moi, dit la seconde, je ne les trouve pas si beaux que ça.

Le roi eut un geste d'agacement :

– Tais-toi, sotte ! grogna-t-il. Tu dis des bêtises. C'est parce que tu es amoureuse du garçon d'écurie !

Enfin, une jeune fille timide fit un petit signe de la main, et murmura en rougissant :

– Moi, je trouve que Thillaume est le plus beau.

Le roi leva un sourcil intéressé.

– Ah non ! s'écria aussitôt une autre voix, moi je dis que c'est Guibault le plus beau.

Les deux garçons pouffèrent de rire, puis ils se mirent à faire des grimaces toutes plus affreuses les unes que les autres, et on ne sut plus rien de rien.

Des chuchotements de mauvais augure

Pour embrouiller un peu plus tout le monde, les deux garçons paraissaient, de jour en jour, se ressembler davantage.

– Mais non, dit Guibault à la cuisinière qui les avait élevés, on ne se ressemble pas, puisque tu nous reconnais toujours, même de loin.

– Eh si, mes agneaux, vous vous ressemblez : vous avez la même taille, la même allure, les mêmes expressions. Mais vous êtes toujours habillés différemment – messire le roi y tient – et vos cheveux… Regardez-vous !

C'était vrai, c'était même tout à fait évident : on les reconnaissait de loin à cause de leurs cheveux. Guibault les avait très raides, tandis que ceux de Thillaume étaient ondulés et beaucoup plus sombres.

Ceci donna beaucoup à réfléchir à nos deux garnements. Ils passèrent la journée suivante à chuchoter dans les renfoncements de mur près des meurtrières, et à étouffer des rires de mauvais augure.

Le valet les observait du coin de l'œil, mais sans oser intervenir tant que rien de fâcheux ne s'était produit. Pourtant… oh! pourtant, il se doutait que quelque chose se préparait.

À la première phase des opérations, personne ne s'aperçut de rien. La jeune blanchisseuse qui s'occupait du linge constata simplement la disparition de la chemise et des chausses[1] jaunes de Guibault.

Elle interrogeait les autres blanchisseuses quand, justement, Guibault entra.

1. Chausses : sorte de pantalon.

– Quoi ! cria-t-il aussitôt. Vous avez perdu ma chemise et mes chausses préférées ! Ma chemise et mes chausses jaunes !

Et il se mit à pleurer sans pouvoir s'arrêter.

Tout le monde était ébahi, et même catastrophé par sa réaction. Jamais on n'aurait pensé que Guibault soit si attaché à ses vêtements.

– Je veux ma chemise jaune ! Je veux mes chausses jaunes ! sanglotait-il à fendre l'âme.

Pour arrêter ses pleurs, on dut s'engager à lui faire tailler tout de suite d'autres vêtements par la couturière.

– Les mêmes ! cria Guibault. Je veux exactement les mêmes !

On lui promit qu'on y veillerait, et il sortit de la buanderie en essuyant ses larmes.

Sitôt passé la porte, il tomba en pleurant… de rire, dans les bras de Thillaume qui l'attendait.

– Où as-tu caché mes habits jaunes ? souffla-t-il.

– Dans l'écurie, sous la réserve de foin. J'ai eu du mal à les sortir du panier sans que la blanchisseuse s'en aperçoive.

Personne ne comprit jamais comment les habits jaunes avaient pu disparaître. On se perdit en suppositions. On soupçonna finalement le fantôme du château, que nul n'avait jamais vu, mais qu'on accusait toujours quand il se passait une chose inexplicable.

Enfin, la chose n'était pas inexplicable pour tout le monde…

C'est ainsi que deux jours plus tard, la couturière ayant fini de confectionner les nouveaux vêtements, nos deux lascars se trouvèrent en possession de deux costumes jaunes identiques.

Restait la deuxième partie du programme.

Cela se passa dans une discrète clairière de la forêt. Les garçons s'y étaient rendus au petit matin, avec une paire de ciseaux appartenant à la couturière, et une lame très effilée qui servait de rasoir au valet.

Avec application, et non sans quelques coupures (tout n'est jamais parfait !), ils se taillèrent mutuellement les cheveux et se rasèrent le crâne.

Ils s'admirèrent l'un l'autre, et se trouvèrent très bien.

Puis ils enfilèrent tous deux chemise et chausses jaunes, et prirent le visage grave des farceurs bien organisés. L'essentiel serait de ne jamais se trouver ensemble.

Un pour deux

Tandis que Thillaume se dissimulait derrière les tonneaux de vin du cellier, Guibault courut vers les cuisines :

– Dieu de bonté ! s'écria la cuisinière en le voyant entrer.

– Eh bien quoi, c'est moi, Guibault ! Tu reconnais quand même mes beaux habits jaunes.

– Dieu de justice ! Tu t'es rasé la tête ?

– C'est pour être bien sûr de ne plus ressembler à Thillaume.

Et Guibault s'assit tranquillement sur un banc de la cour. Inutile d'aller plus loin : la cuisinière était si bavarde que tout le château serait au courant en moins de temps qu'il n'en faut pour seller un cheval.

La nouvelle attira tout de même des commentaires surpris, qui lui arrivèrent aux oreilles plus vite que le coup de dents du même cheval s'il lui avait coincé la crinière sous la selle.

– C'est curieux, chuchotait-on. On croyait que ça les amusait, de se ressembler.

Quand tout le monde fut bien informé que Guibault devenait un peu bizarre, qu'il avait pleuré pour avoir de nouveaux habits jaunes, et que maintenant il s'était rasé la tête, les garçons décidèrent qu'il était temps de lancer les opérations.

Commencer par la salle des gardes.

À cette heure matinale, les gardes étaient sur les créneaux, et le valet devait vérifier l'état des cottes de mailles de la réserve.

– Ah ! C'est toi, Guibault, s'ébahit le valet. On m'avait bien dit que tu n'avais plus de cheveux, mais je ne voulais pas y croire.

– Je me suis rasé pour fendre l'eau plus vite. Je te parie que maintenant, je nage bien plus vite que toi.

– Ça, dit le valet, ça m'étonnerait. Je suis le meilleur nageur d'une frontière à l'autre du royaume.

– Eh bien, je te lance un défi. Mesurons-nous à la nage !

Le valet secoua la tête avec indulgence :

– Un défi… !

– Tu refuses ? s'exclama Guibault en riant. Tu as peur de perdre, hein ! Ah ! Ah ! Il a peur de per… dre. Il a peur de per… dre.

– Peur de perdre ? s'amusa le valet. Bon… Rien que pour te donner une petite leçon…

– Attends. La cloche de la chapelle ne va pas tarder à sonner. Au premier coup, sautons tous les deux du pont-levis dans les douves, et faisons chacun le tour du château dans un sens : toi vers la droite, moi vers la gauche. Le premier arrivé de l'autre côté du château, devant le donjon, a gagné.

D'ailleurs, je suis tellement sûr de gagner, que je ne vais même pas me déshabiller.

Le valet eut à peine le temps de se faire vaguement la réflexion qu'il était quand même bizarre que Guibault se rase la tête, soi-disant pour aller plus vite, mais n'ôte pas son costume… La cloche sonna, il plongea.

Tandis que le valet nageait à grands mouvements de jambes et de bras vers une victoire certaine, Guibault, à peine passé le pied de la première tour, se hissait discrètement sur la berge.

Thillaume quant à lui attendit le deuxième coup de cloche pour se glisser dans l'eau, juste en face du donjon.

Quand le valet aperçut de loin le crâne rasé et la chemise jaune, il resta suffoqué.

– Tu as perdu ! lança le garçon.

– Pof, bougonna le valet en regagnant la terre ferme, c'est que j'ai été gêné par les iris d'eau. Et puis je suis sûr que de ton côté, le chemin était moins long.

Il secoua ses cheveux trempés, puis regarda le garçon qu'il croyait être Guibault s'éloigner en chantonnant, et se dit que quand même, il devait vieillir. Et cette pensée le rendit tout morose.

Juste le temps de sécher les beaux costumes jaunes... Direction la grande salle du château.

C'était l'heure où le roi, soucieux, essayait d'additionner et de soustraire à grande peine les chiffres compliqués qu'il appelait ses « comptes ».

Guibault frappa poliment, avant d'entrer.

– Bonjour messire. Je viens rapporter ce chandelier. Je le pose sur la table.

– Hum hum, Guibault. Ne me dérange pas, je fais mes comptes.

Guibault ressortit par la porte de derrière, qui donnait sur le chemin de ronde.

Aussitôt Thillaume entra par l'autre porte.

– Excusez-moi de vous déranger, dit-il, mais je viens reprendre le chandelier car j'en ai besoin pour la salle d'étude.

Le roi ouvrit des yeux ronds :

– Mais... tu viens à peine de passer par le chemin de ronde. Tu n'as pas eu le temps de faire le tour pour revenir par devant !

– J'ai eu tout le temps ! répliqua Thillaume d'un air le plus étonné possible. J'ai même eu le temps de passer aux cuisines pour prendre une poignée de cerises !

Le roi resta un instant bouche bée, puis il baissa les yeux sur ses comptes et fit semblant d'être très occupé. Allons bon ! voilà qu'il vieillissait épouvantablement, s'il ne se rendait même plus compte du temps qui passait ! Il demeura songeur, et un peu inquiet.

Pendant ce temps, Guibault se dirigeait d'un pas guilleret vers la plus haute pièce de la plus haute tour, où vivait en permanence le vieux sage.
– Bonjour, maître, dit-il.
– Bonjour, Guibault.

– Puis-je prendre le volume des auteurs latins ?

– Bien sûr, dit le vieux sage, un peu étonné tout de même par cette soudaine ardeur à l'étude.

Il regarda le garçon ressortir, chargé du lourd volume, et se remit à ses écritures.

Aussitôt la porte s'ouvrit de nouveau.

– Bonjour, maître. Puis-je prendre le volume des textes latins ?

– Je ne pense pas, Thillaume, dit le vieux sage sans lever la tête. Guibault vient de l'emporter.

– Ah bon ! souffla Thillaume tout bête en reculant vers la porte.

– Thillaume ! appela le vieux sage.

– Oui, maître.

– Sache qu'une personne n'est pas seulement un costume, des cheveux, un visage. Elle est aussi une façon de se déplacer, de parler, de sourire, de se comporter, une odeur, une lumière particulière.

– Mais vous ne m'avez même pas regardé !

– … Une façon d'ouvrir la porte, continua le vieil homme, de ne pas me laisser le temps de répondre à ton bonjour, de parler de « textes latins », quand Guibault aurait dit « auteurs », car pour Guibault, un texte est avant tout l'œuvre d'un auteur, tandis que pour toi, c'est une suite de mots à traduire. Chacun de nous est unique, Thillaume, comprends-tu ? Unique.

Thillaume referma la porte, tout sidéré.

– Alors ? chuchota Guibault. Il doit être en train de se dire qu'il devient fou, qu'il a des visions !

– Pfff... soupira Thillaume. Il m'a parlé d'odeur et de sourire, et de lumière, enfin des choses comme ça... Il ne s'est pas laissé avoir.

Déçus, ils s'assirent tous les deux sur l'escalier et demeurèrent songeurs. Il était évident que tout le château saurait bientôt que Guibault n'était pas seul habillé de jaune et rasé. Donc…

Et revoilà nos deux farceurs en train de chuchoter dans les renfoncements de mur près des meurtrières, et à étouffer des rires de mauvais augure.

Deux pour un

Quand Guibault entra dans les cuisines du château, il fut accueilli un peu fraîchement :

– Vous mériteriez d'être punis tous les deux. Le valet et le roi sont très fâchés !

À dire vrai, le valet et le roi étaient un peu fâchés... mais tellement rassurés que ce ne soit qu'une farce, tellement contents de découvrir qu'ils n'étaient pas déjà vieux et affaiblis, qu'ils en avaient oublié de gronder les garçons.

Guibault se mit à rire :

– Puisque nous ne sommes pas privés de manger, est-ce que je peux avoir une part de fouace[1] ?

– Bon, grommela la cuisinière, ça va pour cette fois. Thillaume n'est pas avec toi ?

– Il arrive ! dit Guibault en repartant.

Il sortit, posa son morceau de galette sur le tas de bois, près de la porte, et rentra de nouveau.

– Je peux avoir une part de fouace ? demanda-t-il.

1. Fouace : sorte de galette épaisse.

La cuisinière leva à peine la tête. Persuadée d'avoir affaire à Thillaume, elle dit :

– Prends-la, je l'ai laissée sur la table.

Guibault ressortit aussitôt.

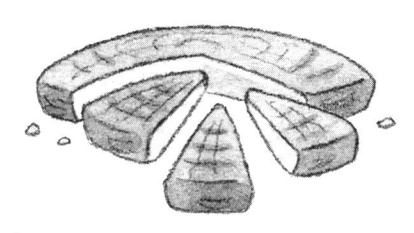

Quelques instants passèrent, puis Thillaume entra à son tour.

– Est-ce que je peux avoir ma part de fouace ?

– Quoi ? Vous étiez un, vous étiez deux, et maintenant vous voulez me faire croire que vous êtes trois ? Trois garçons rasés, en habits jaunes, c'est trop !

Elle s'approcha de Thillaume :

– Fais voir ta figure, toi ?... Tu es Thillaume, ne crois pas que tu vas me tromper.

– Bien sûr, je suis Thillaume, dit calmement le garçon. Tu as déjà donné sa part à Guibault, pas à moi !

– Voilà qui est fort ! J'en ai donné à deux garçons et tu prétends...

– Tu as dû en donner deux fois à Guibault.

– Oh ! le pendard, il me le paiera !

– Il s'est fait passer pour moi ?

La cuisinière réfléchit :

– Non, non... même pas. C'est moi qui ai pensé sottement que le deuxième était forcément toi.

– Alors, tu ne peux pas punir Guibault.

– Ouh ! Ces histoires commencent à m'échauffer les oreilles. Prends ta part de fouace et file. Je suis sûre que vous n'êtes pas blancs comme neige dans cette affaire, tous les deux !

Thillaume rejoignit Guibault derrière le puits, et ils se partagèrent gaiement et équitablement la part de galette supplémentaire, tout en préparant leur prochaine farce.

On ne leur en laissa pas le temps. La cuisinière et le valet leur tombèrent dessus, et, en deux bons coups de pinceau, badigeonnèrent le crâne de Thillaume de rouge, et celui de Guibault de vert.

– Maintenant, dit le valet, finies les plaisanteries ! Thillaume est rouge, Guibault est vert.

– Rappelez-vous, cria la cuisinière à tous ceux qui étaient dans la cour, Thillaume est rouge, Guibault est vert.

Un moment décontenancés, les garçons s'éloignèrent, le visage boudeur.

Mais voilà que leur regard s'éclaira, que le sourire reparut sur leurs lèvres.

Ils se mirent à parcourir le château en chantant :

– Thillaume est rouge, Guibault est vert. Guibault est rouge, Thillaume est vert.

– C'est Guibault, qui est vert, et Thillaume…

– Non, le contraire, c'est Guibault qui est rouge, et Thillaume, euh… il est rouge aussi, non il est vert.

– Ou bien c'est l'inverse.

– Eh! Guibault! Qui est-ce qui est rouge? C'est Thillaume?

– Non Thillaume, c'est Guibault, à moins qu'il ne soit vert.

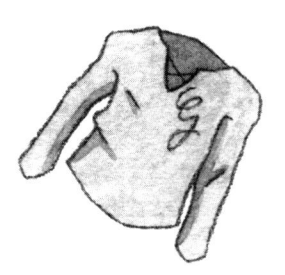

Le doute commença à envahir les esprits. Même le valet et la cuisinière, qui avaient appliqué la couleur, n'étaient plus sûrs de rien.

Bientôt, le château se scinda en deux : les partisans du Thillaume rouge et du Guibault vert et ceux du Guibault rouge et du Thillaume vert. Puis tout s'embrouilla de plus en plus, et certains affirmèrent même que les deux étaient rouges, d'autres que les deux étaient verts.

À la fin, à force de parler à tort et à travers, on ne fut même plus sûr qu'ils étaient bien deux, certains croyaient qu'il n'y en avait qu'un, d'autres qu'ils étaient trois.

On crut devenir fou.

Un bien mauvais jour

Pourtant un jour, un jour où il faisait un temps magnifique, un jour d'été…

C'était un an après l'histoire des habits jaunes.

Les cheveux avaient repoussé, et la sagesse avait dû pousser en même temps car, de l'avis de tous, les garçons faisaient moins de bêtises qu'avant. Sans doute qu'ils avaient grandi.

Hélas! Tout bascula ce jour d'été.

Les deux garçons étaient partis à cheval pour une longue promenade, et sur le chemin du retour, comme il faisait très chaud, ils s'étaient arrêtés à la rivière pour se baigner.

Comme d'habitude, ils firent une course jusqu'au gros rocher, puis un concours qu'ils appelaient « à celui qui resterait le plus longtemps sous l'eau ». Après quoi ils s'éclaboussèrent en riant et en prétendant chacun qu'ils avaient gagné le concours – comme d'habitude aussi – et enfin ils remontèrent sur le petit pont pour se faire sécher au soleil.

C'est alors qu'arrivèrent sur le chemin, leur gros panier de linge sur la tête, deux jeunes et jolies lavandières qui venaient du village.

Thillaume se redressa en gonflant un peu sa poitrine, et voilà qu'il décida – allez savoir pourquoi – de s'offrir un plongeon du style le plus élégant.

Hélas ! c'est le moment que Guibault choisit pour glisser malencontreusement sur les planches mouillées du petit pont et s'affaler dans les jambes de l'incomparable athlète.

Le beau plongeon se transforma en un lamentable « plouf ».

Les deux lavandières, malgré leurs efforts, ne purent s'empêcher de rire, et Thillaume se sentit horriblement vexé, tellement vexé qu'il cria à Guibault :

– C'est malin, j'ai failli me tuer par ta faute !

– Failli te tuer… ? s'ébahit Guibault.

Et comme il descendait sur la rive pour aider Thillaume à sortir de l'eau, il l'entendit ajouter en colère :

– C'est de ta faute. Tu l'as fait exprès !

Il en resta suffoqué :

– Oh ! Oh ! Qu'est-ce qui te prend ?

– Tu l'as fait exprès pour me ridiculiser ! Je vais te casser la figure.

Guibault n'en croyait pas ses oreilles. Jamais Thillaume ne lui avait parlé sur ce ton. Froissé à son tour, il releva le menton d'un air agressif et répliqua :

– Essaie un peu !

Ils se toisèrent d'un regard furieux, tandis que les deux lavandières repartaient vers le lavoir, en chuchotant, et en étouffant de petits rires.

Or, à ce moment, sur le chemin qui menait au village, passait une vieille mendiante. Intriguée par les cris, elle se dissimula derrière un saule pleureur et observa les deux garçons qui se disputaient au bord de la rivière.

– Ne joue pas au plus malin avec moi, criait l'un, tu sais bien que je suis plus fort que toi. D'ailleurs, c'est normal : je suis le vrai prince Thibault.

– Qu'est-ce que tu racontes ? Je suis plus intelligent : c'est moi le vrai prince Thibault.

La vieille femme ne bougeait pas. Elle regardait l'un, puis l'autre. Ils se tenaient tous deux les pieds dans l'eau. Elle ne les voyait que de dos, mais distinguait clairement que le plus proche portait une tache de naissance entre les épaules, une tache ronde et brune.

Elle laissa là les garçons et leur dispute, et se dirigea à petits pas vers le château.

Le vrai prince Thibault

Quand les deux garçons rentrèrent au château, ils étaient tellement fâchés qu'ils ne s'adressaient même plus la parole. Au moment où ils passaient le pont-levis, l'un derrière l'autre, tenant leur cheval par la bride, on les avertit qu'ils étaient convoqués chez le roi.

Ils résistèrent à l'envie de se consulter du regard – comme ils faisaient toujours en pareil cas – puisqu'ils étaient fâchés et qu'ils devaient donc s'ignorer. Cela les mit encore plus mal à l'aise, et leur donna franchement mauvaise conscience.

Ils étaient, bien sûr, persuadés qu'on les convoquait à cause de ce qui venait de se passer. En effet, comme ils ne s'étaient jamais disputés de leur vie, cet événement leur paraissait de la plus haute gravité, et justifiait qu'ils comparaissent devant le roi.

Mais ce n'était pas du tout cela.

Dans la salle du trône, le roi semblait tout retourné, pâle, énervé.

Il marchait de long en large en se tordant les mains.

Près de lui, se tenait une vieille mendiante, que les garçons n'avaient jamais vue.

– Voilà, commença le roi, embarrassé. Cette pauvre femme vient de me dire qu'elle a assisté à la naissance de mon fils Thibault, et que c'est à elle qu'on a confié le soin d'emmailloter le bébé.

Il soupira et se tourna vers la mendiante :

– Dites-leur ce que vous m'avez révélé.

Alors, la vieille femme leva son doigt décharné et déclara d'une voix chevrotante :

– J'ai assisté à la naissance du fils de la reine Sophie, et je suis formelle : le petit prince avait une tache brune entre les épaules.

Les deux garçons restèrent un moment stupéfaits, tentant de comprendre ce qu'on venait de leur dire. Enfin, Thillaume éclata de rire :

– C'est moi qui ai une tache entre les épaules, c'est moi ! Je suis le prince Thibault ! Je suis le prince Thibault !

Et il se mit à sauter de joie, à bondir partout dans la pièce. Il embrassa la mendiante, le roi, la servante qui était là, et sortit comme une trombe.

Comme une trombe, il dévala les escaliers et parcourut le château du haut en bas pour annoncer la nouvelle partout.

Guibault ne bougea pas. Il regarda le roi remettre à la vieille femme sa récompense en pièces d'or. Il se sentait tout glacé.

Il était si troublé qu'il ne vit même pas la femme repartir. Il sentit seulement au bout d'un moment la main du roi s'appuyer sur son épaule.

– Cela ne change rien, dit le roi avec émotion, tu es toujours chez toi au château, et je t'aime toujours autant.

Guibault détourna la tête, pour que le roi ne voie pas les larmes lui monter aux yeux.

Joie et douleur

Le lendemain matin, quand le château s'éveilla après la grande fête qu'on avait donnée, tout le monde avait un peu mal à la tête et, on ne sait pourquoi, on se sentait vaguement triste.

Thillaume s'étira et, comme chaque matin, s'écria :

– Debout, paresseux, le jour est déjà levé !

Puis il bâilla, et donna une tape à l'endroit du lit où aurait dû se trouver Guibault... Personne !

Il appela :

– Guibault !

Aucune réponse.

Un peu inquiet, il sortit de la chambre et appela de nouveau sur le palier :

– Ouh ouh !

Puis dans l'escalier :

– Guibault !

Franchement alarmé, il s'habilla vivement et descendit. On l'entendit crier dans les couloirs, la cour, les cuisines, les écuries, la forge. Il hurla dans le donjon, sur le chemin de ronde, partout.

– Guibault ! Guibault !

Hélas ! Il fallait se rendre à l'évidence : Guibault avait disparu.

Thillaume sentit son sang se retirer, sa respiration s'arrêter, ses mains trembler. Son frère, son ami, l'autre moitié de lui-même, était parti…

Sans plus réfléchir, il sauta sur son cheval.

Où chercher ? Il connaissait si bien Guibault qu'il était persuadé qu'il serait parti droit devant, pour aller le plus loin possible le plus vite possible. Il lança son cheval sur le chemin, en direction du sud.

Il galopa tout le matin. À mesure que le soleil montait dans le ciel, son angoisse grandissait. Il comprit qu'il allait trop vite, sans savoir où, et que ce n'était pas une bonne méthode.

Alors il s'arrêta et prit le temps d'interroger les paysans, les colporteurs, les cantonniers.

Mais non, ils n'avaient vu personne. Pas un n'avait aperçu un cheval bai, monté par un jeune garçon qui semblait très pressé, et sans doute bouleversé.

Découragé, Thillaume descendit de cheval et s'assit sur une grosse pierre. Il avait les yeux pleins de larmes. Et voilà que soudain, dans sa tête, il entendit la voix de son maître, le vieux sage. Et cette voix disait :

– Où cours-tu comme cela ? Ne sais-tu pas que le chemin que tu fais dans ta tête te mène plus vite et plus loin que le pas de ton cheval ?

– C'est vrai, répondit Thillaume. Je suis un idiot. Il faut que je réfléchisse, n'est-ce pas ?

– Que tu réfléchisses, oui… mais encore…

– Mais encore... que je me mette très exactement à la place de Guibault.

La voix du vieux sage se tut.

Alors, fermant les yeux, Thillaume essaya de revivre toute la scène de la veille – la dispute, la mendiante et son doigt levé – comme s'il était lui-même Guibault. Et il comprit tout.

– Maître, dit-il sans même s'apercevoir qu'il était seul sur le bord du chemin, voilà la situation : je suis Guibault, j'apprends que le roi Charles n'est pas mon père. Sans savoir pourquoi, je sens le désespoir m'envahir. J'ai envie de pleurer, de me cacher. Je n'ai plus rien à faire au château… C'est peut-être une idée très bête, mais c'est ce que je sens dans mon cœur. Je n'ai qu'une envie, c'est de m'enfuir.

– Où ?

Le vieux sage avait-il vraiment posé cette question ?

– N'importe où, dit Thillaume, droit devant moi.

– Et puis…

– Et puis… Et puis, mon premier chagrin passé, je me dis qu'après tout, si je ne suis pas le fils du roi, je suis le fils du valet, et que j'aime bien le valet, et que le valet aura de la peine que son fils soit parti. Il croira que son fils ne l'aime pas, que son fils a honte d'être fils de valet.

– Tu avances, chuchota le vieux sage.

Oui, c'était certain, Guibault se dirait tout cela. Et alors, il s'arrêterait.

Bien sûr, il s'arrêterait. Thillaume était allé bien trop vite, Guibault ne se trouvait pas aussi loin du château. Il était quelque part, à réfléchir. Il n'avait sans doute pas encore pris de décision, il pesait toute chose car, maintenant qu'il était parti, ce serait dur pour lui de rentrer au château.

Thillaume rebroussa chemin au grand galop, en remerciant le vieux sage de lui avoir ouvert les yeux. Il fallait retrouver Guibault le plus rapidement possible !

Drôle de révélation

À la place de Guibault, qu'aurait-il fait ? Il aurait galopé. Thillaume entendit dans sa tête les sabots du cheval marteler les cailloux du grand chemin, soulever la poussière du sentier, puis résonner sourdement sur les planches du pont.

Le pont ! Le bruit des sabots sur le pont avait aidé Guibault à se ressaisir ! Guibault était à la rivière, bien sûr, là où ils s'étaient disputés, là où toute cette malheureuse histoire avait commencé.

En entendant le murmure de la rivière, Thillaume sentit battre son cœur. Il reconnut sur le chemin les marques des sabots d'un cheval ; puis, sur la droite, il vit un bouquet d'herbe fauchée. Il descendit de sa monture et examina les tiges brisées : l'herbe avait été fauchée d'un coup d'épée violent.

Oui, c'était bien la manière de Guibault, ce coup d'épée de colère dans une herbe innocente. Guibault n'était pas loin... la rivière, le pont.

Guibault était appuyé sur le parapet du petit pont, et regardait couler l'eau d'un air abattu. En entendant du bruit, il tourna la tête, surpris.

Un moment, les deux garçons se regardèrent sans bouger, sans rien se dire, puis ils firent chacun un pas en avant, deux… et finalement ils tombèrent dans les bras l'un de l'autre.

Alors ils jurèrent que c'était fini, qu'ils ne se quitteraient plus jamais, et qu'ils rentreraient au château au plus vite.

– J'ai pensé, dit Guibault, que si je ne suis pas le fils du roi, je suis le fils du valet, et que j'aime bien le valet. Et que le valet aura de la peine que son fils soit parti. Il croira que…

Ils se sourirent. Non, leur amitié ne mourrait jamais.

Comme la nuit tombait, et que les routes n'étaient pas sûres après le coucher du soleil, ils décidèrent que le plus simple serait d'aller jusqu'à l'auberge du village pour y passer la nuit.

Voilà qu'au soir tombé, tandis qu'ils étaient couchés dans la chambre au-dessus de la grande salle, ils entendirent une vieille voix.

Cette vieille voix, ils la connaissaient… Elle disait :

– Vous ne savez pas comment j'ai gagné ces pièces d'or ? Simplement avec ma langue.

– Des pièces, avec ta langue ?

– Avec ma langue. Je suis allée au château, et j'ai dit au roi que son fils est celui qui a une tache dans le dos.

– Et c'est vrai ? demanda l'aubergiste.

– Je n'en sais rien du tout, répondit la vieille. Mais l'un ou l'autre, qu'est-ce que ça peut faire ?

La vieille mendiante ! Les deux garçons se regardèrent. Thillaume fit tout de même une petite grimace... et puis ils éclatèrent de rire.

La vérité vraie

La vie reprit son cours. Les garçons devinrent des jeunes gens, et leur amitié grandit avec eux. Peu à peu, ils commencèrent à aider le roi à gouverner le royaume, et le roi pensait en lui-même qu'il était bien content d'avoir deux fils. Pourtant, il s'inquiétait parfois : qui lui succéderait sur le trône ?

Un matin, alors que Thillaume et Guibault bavardaient sur la margelle du puits, ils virent leur professeur, le vieux sage, pénétrer dans la cour.

Les deux jeunes gens restèrent suffoqués. Jamais le vieil homme ne quittait sa tour ! Ils se regardèrent d'un air inquiet, comme si un malheur allait s'abattre sur leur tête.

– Mes enfants, dit le vieux sage, j'ai beaucoup hésité, mais je crois qu'il faut que je vous parle…

Il les observa tous deux avant de prononcer :

– Je sais lequel de vous deux est Thibault.

Les deux jeunes gens se jetèrent un regard effaré :

– Vous… le savez ?

– Je le sais depuis longtemps. Voyez ce paquet : c'est un portrait que j'ai découvert dans le grenier de la haute tour. Un portrait représentant le grand-père du roi, lorsqu'il était enfant.

Le vieux sage reprit sa respiration avec peine, et finit :

– Voilà. L'un de vous deux ressemble étonnamment à ce portrait.

Un silence de mort s'installa. Thillaume et Guibault, la gorge serrée, ne pouvaient proférer une parole. La main tremblante, ils saisirent chacun d'un côté le paquet qu'on leur tendait, et le contemplèrent avec effroi, sans se décider à l'ouvrir.

Enfin leurs yeux se rencontrèrent. La même lueur y brilla. Ils ouvrirent la main et laissèrent tomber le tableau dans le puits.

– Oh ! Quelle maladresse, lança Thillaume.

– C'est dommage, dit Guibault, la peinture va se diluer, et on ne va plus rien voir.

Un sourire se dessina sur les lèvres du vieux sage.

– C'est tout comme ma mémoire, murmura-t-il. Je suis tellement vieux que moi non plus, je ne me rappelle plus rien.

On ne sut jamais lequel était Thibault, lequel était Guillaume.

À la mort du vieux roi, ils gouvernèrent ensemble. Comme Guibault était plus doué pour les comptes, il s'occupait de l'administration ; comme Thillaume aimait bouger, il s'occupait des terres et des paysans.

On n'entendit plus jamais parler de ce royaume, ce qui veut dire que la paix y régna et qu'il fut sans doute fort bien gouverné.

TABLE DES MATIÈRES

Le petit prince 9
Un malheur 17
Le roi bien embarrassé 25
Thillaume et Guibault 33
Comment on reconnaît
un fils de roi 39
Des chuchotements
de mauvais augure 49
Un pour deux 57
Deux pour un 73
Un bien mauvais jour 83
Le vrai prince Thibault 91
Joie et douleur 97
Drôle de révélation 107
La vérité vraie 113

☁ L'AUTEUR

Évelyne Brisou-Pellen vit à Rennes. Après des études de lettres, au lieu d'enseigner comme elle l'avait prévu, elle a commencé à écrire… et elle a attrapé le virus.
Aujourd'hui, elle passe ses journées entre des empilements de documents, à concocter des histoires qui font rire, pleurer, rêver, voyager… Elle a publié de nombreux romans chez Gallimard, Hachette, Nathan, Milan, Pocket, Casterman, Bayard, Flammarion et Rageot entre autres.

DANS LA MÊME COLLECTION

Petit-Féroce n'a peur de rien

En explorant la jungle, Petit-Féroce découvre de nombreux amis… et vit mille et une aventures trépidantes !

Petit-Féroce va à l'école

Petit-Féroce et Cerise-qui-mord entrent à l'école de la préhistoire.
Au programme : chasse au mammouth, sorcellerie, cuisine, bagarre !

DANS LA MÊME COLLECTION

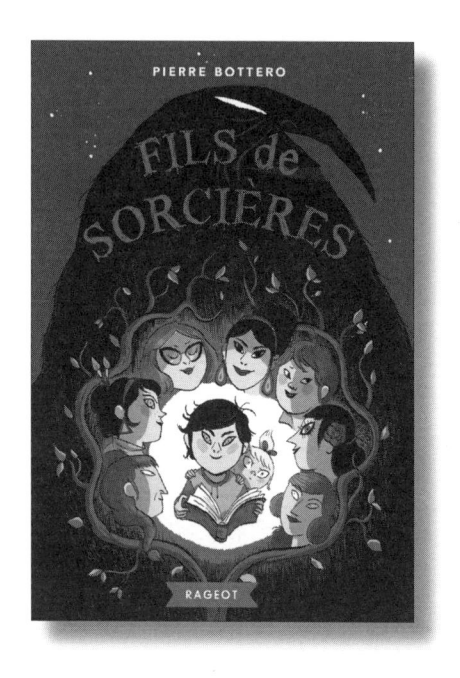

Fils de Sorcières

Je m'appelle Jean et je vis dans une famille où toutes les filles sont des sorcières : ma mère, mes tantes et même ma petite soeur…

Retrouvez la collection
RAGEOT *Romans*
sur le site www.rageot.fr

RAGEOT s'engage pour l'environnement en réduisant l'empreinte carbone de ses livres. Celle de cet exemplaire est de : 350 g éq. CO_2
Rendez-vous sur www.rageot-durable.fr

PAPIER À BASE DE FIBRES CERTIFIÉES

Achevé d'imprimer en France en novembre 2019
sur les presses de l'imprimerie Jouve, Mayenne
Dépôt légal : juin 2006
N° d'édition : 5445 - 06
N° 2939809S